Nach den Regeln der neuen deutschen Rechtschreibung
Lizenzausgabe für Findling Buchverlag Lüneburg GmbH, D-21339 Lüneburg
ISBN 3-935541-80-5

© Michael Neugebauer Verlag
Verlagsgruppe Nord-Süd Verlag AG, Gossau ZH
Alle Rechte, auch die der Bearbeitung oder auszugsweisen Vervielfältigung
gleich durch welche Medien, vorbehalten
Lithografie: Fuchs Repro, Salzburg, Austria
Gesetzt in der Carmina, 15 Punkt
Druck: Proost N.V., Turnhout

Findling Buchverlag Lüneburg

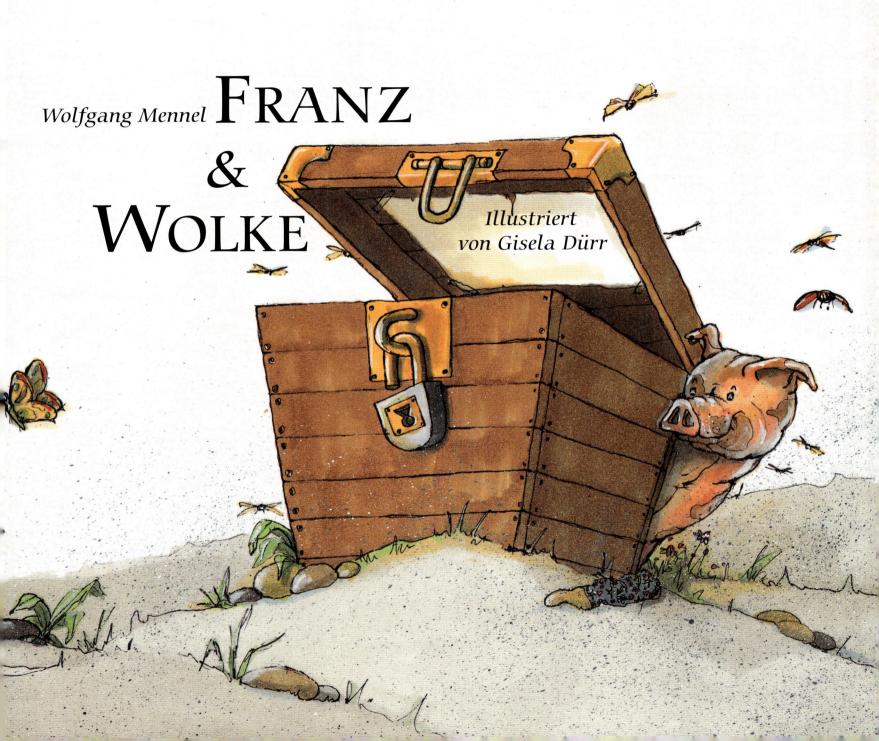

Wolfgang Mennel
Franz & Wolke

Illustriert von Gisela Dürr

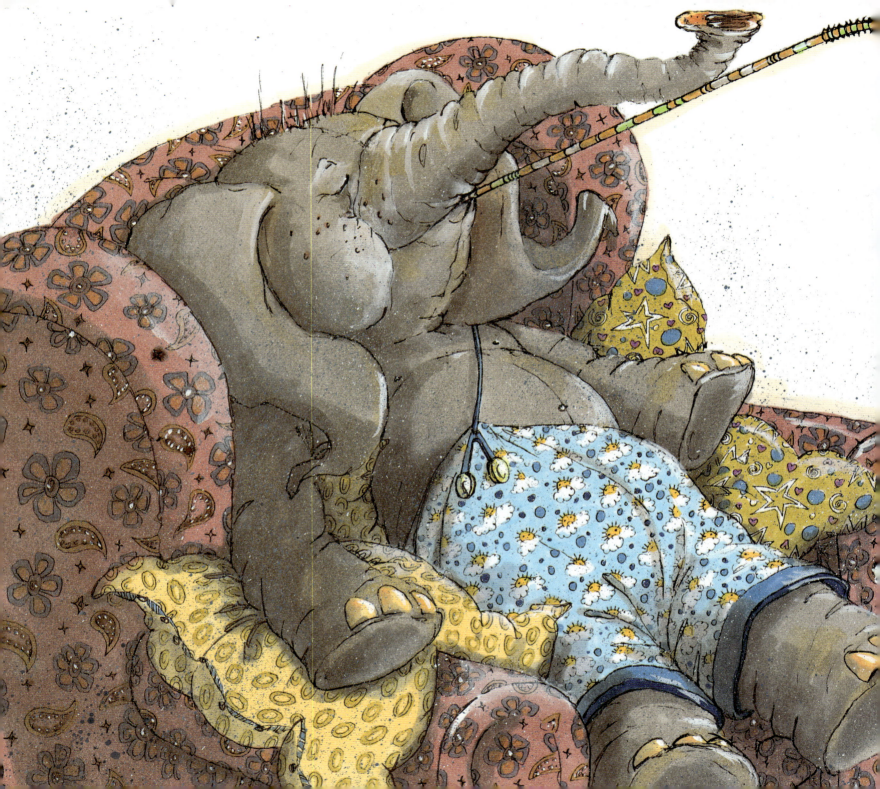

Wolke ist zufrieden. Er hat sein Haus aufgeräumt,
die Wäsche gewaschen, den Boden geschrubbt,
den Garten gejätet und das Gras gemäht.
Und jetzt hat er sich eine große Limonade verdient.

„So ist das Leben schön", denkt Wolke.
„So könnte es ewig weitergehn."
Er lächelt und sprudelt vergnügt mit seiner Limonade.

Im Haus gegenüber sitzt Franz auf einer verschlossenen Kiste und schaut sich um.
Er ist unzufrieden. Sein Haus ist sehr unaufgeräumt.
Ein Rasenmäher und ein kaputtes Fahrrad stehen mitten im Wohnzimmer, alte Schuhe liegen herum,
und Franz kann sich nicht einmal auf sein Sofa setzen,
weil dort schon ein Vogelkäfig steht.

Die Sauerei im Haus ist einfach zu groß, sogar für ein Schwein.

„Schluss damit! Heute wird aufgeräumt!"
Sehr schön! Aber wohin mit all dem Gerümpel?

„Bei Wolke ist immer Platz", denkt Franz und schnappt sich einen Blumentopf.
Er geht hinüber zu Wolke.
„Ich will aufräumen. Kann ich so lange mein Blumentöpfchen
bei dir unterstellen?", fragt Franz.
„Natürlich", antwortet Wolke.
„Und meine anderen sieben Blumentöpflein?"
„Aber ja, stell sie einfach in den Garten", sagt Wolke.
„Danke!" ruft Franz. „Willst du mir ein bisschen helfen?"
Gemeinsam gehen sie hinüber in das andere Haus.

„Kannst du diesen Stuhl tragen? Er ist sooo schwer und du bist soooooo stark", sagt Franz.

„Stimmt". Wolke fühlt sich geschmeichelt.

„Dann könntest du auch gleich die Stehlampe mitnehmen, oder?"

„Klar!"

„Und wenn du zurückkommst, dann ist da noch die Kommode und der Fernseher – und dann fällt mir noch ein:

die Waschmaschine,
das Aquarium,
der Kleiderständer,
das Telefon,
der Regenschirm,
die Uhr,
das Fahrrad,
die Gießkanne,
der Fahrradsattel,

die Matratzen,
der Bilderrahmen,
das Bettzeug,
der Kerzenständer,
das Regal,
der Klaviersessel,
der Adventskranz
und die Leselampe."

„Du bist der allerstärkste Elefant auf der Welt!", ruft Franz.
„Aber meine Kiste, die schaffst du nicht!"
„Doch, doch", prahlt Wolke und stemmt sich die Kiste auf die Schultern.
„Was ist denn da drin?"
„Ein echtes Schweinegeheimnis", flüstert Franz.
„Dann muss das aber ein schweres Geheimnis sein!"

„Übrigens, was trägst DU eigentlich?", fragt Wolke.
„Ich, ich laufe voraus und zeige dir den Weg!", antwortet Franz.

Wolke seufzt. So hat er sich das nicht vorgestellt.

Endlich ist alles in Wolkes Garten abgestellt. Franz ist immer noch nicht zufrieden.
Er setzt sich aufs Sofa und denkt nach.
„Was ist, wenn es zu regnen beginnt? Eigentlich wäre es besser, alles in dein Haus zu schaffen", sagt er zu Wolke.
„Du hilfst mir doch, oder?"

Murrend schleppt Wolke die Sachen hinein. Franz macht sich davon und läuft hinüber in sein Haus. Wie leer es auf einmal ist!
Keine Unordnung mehr!
Sieht eigentlich gut aus. Vielleicht könnte man die Wände ein bisschen streichen, aber dabei wird mir Wolke sicher helfen, denkt Franz.
Ich werde ihn fragen!

Da hört er plötzlich ein Krachen und ein klägliches Trompeten aus Wolkes Haus.

Franz läuft, so schnell er kann, hinüber.

Das Haus ist voll gestopft mit Gerümpel. Aber wo ist Wolke?

Nur mit Mühe kann Franz Wolke befreien.

Wolke lässt sich erschöpft ins Gras fallen. Er weint.
„Das ist ja noch einmal gut gegangen", sagt Franz. „Ohne mich wärst du elend zugrunde gegangen."
Wolke schüttelt den Kopf. „Ohne dich würde ich jetzt glücklich in meinem Sessel sitzen und Limonade trinken."
Franz wird nachdenklich. Kann es sein, dass er Wolke zu viel zugemutet hat? Er schämt sich und überlegt, wie er Wolke wieder versöhnen kann.

„Wolke, hör auf zu weinen. Morgen bringen wir alles wieder in Ordnung. Weißt du was, ich habe eine Idee: Sind geröstete Maiskolben nicht deine Lieblingsspeise?"

Franz und Wolke sind wieder gut miteinander.
Am Abend sitzen sie zusammen auf der geheimnisvollen Kiste vor einem gemütlichen Feuer und rösten Maiskolben.

Weil es ihnen so gut schmeckt, vergessen sie beinahe das Schweinegeheimnis.

Was wohl in der geheimnisvollen Kiste drin ist?

Die Kiste ist voller Bücher.

Franz und Wolke beschließen, dass sie jeden Tag gemeinsam ein Buch lesen wollen.
Das Schönste daran ist, dass sie jetzt dicke Freunde sind.